8° F. Pièce 178
2906 8.98

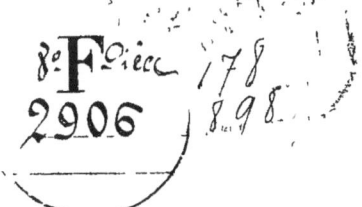

LES
ÉTANGS DE LA DOMBES

(La Réforme législative)

PAR

ALEXANDRE BÉRARD

DÉPUTÉ DE L'AIN

———— ✳ ————

BOURG

Imprimerie du « COURRIER DE L'AIN »

Francisque Allombert, propriétaire

—

1898

LES
ÉTANGS DE LA DOMBES

(La Réforme législative)

PAR

ALEXANDRE BÉRARD

DÉPUTÉ DE L'AIN

———<del>≫</del>✳<del>≪</del>———

BOURG

Imprimerie du « COURRIER DE L'AIN »

Francisque Allombert, propriétaire

—

1898

LES ÉTANGS DE LA DOMBES

(La Réforme législative)

I

Un de nos plus distingués hommes politiques disait, il y a quelques années : « Les fautes économiques sont « beaucoup plus dangereuses que les fautes politiques : « en effet, les fautes politiques se réparent, les fautes « économiques ne se réparent pas. »

Cela est vrai : les fautes économiques, dans tous les cas, sont beaucoup plus difficiles à réparer que les fautes politiques : nos chères populations de la Dombes en ont fait l'expérience au sujet de leurs étangs qu'une erreur économique avait fait sottement dessécher.

Que du XIIᵉ au XVIᵉ siècle, on ait eu tort de détruire les champs de céréales et les vignobles de l'antique Dombes pour les remplacer par des étangs, que, profitant des effroyables vides faits dans les villages par les guerres seigneuriales du Moyen-Age et plus encore par les persécutions religieuses, pour raser ces villages et livrer leur territoire à l'envahissement des eaux, cela ne saurait faire de doute pour personne (1) ; mais, l'œuvre accomplie, la nature éternellement ingénieuse et nos laborieux paysans s'étaient mis d'accord pour tirer le meilleur parti de ce nouvel état de chose et les efforts de la nature combinés avec l'invincible labeur des Dombistes avaient créé un système de culture admirable, fécond, lequel donnait richesse et prospérité à cette terre aux poétiques et mélancoliques horizons, qui s'étend des derniers vallonnements de la plantureuse Bresse aux moraines du glacier du Rhône que la pioche de nos vignerons ont victorieusement conquis.

C'est cet éternel sophisme, lequel a coûté tant de sang et tant de larmes à l'humanité, celui que la vieille scholastique résumait en ces cinq mots : *Cum hoc ergo propter hoc* (Avec cela, donc à cause de cela), c'est cet éternel

---

(1) « A bien regarder, dit mon vénéré ami, M. Jarrin, dans son beau livre : *La Bresse et le Bugey* (t. II, p. 91), la dépopulation et l'inondation de la Dombes sont l'œuvre du Moyen-Age tout entier. »

« Dès le XIIe siècle, la Dombes était dévastée et ruinée, au point que, en 1211, la riche abbaye de Cluny abandonne les domaines qu'elle y possède. Les guerres ecclésiastiques et féodales des XIIIe et XIVe siècles achèvent le désastre : les seigneurs de Beaujeu, les comtes de Mâcon, les sires de Thoires-Villars, les sires de Montluel, le dauphin, les comtes de Savoie, les Bourbons, les Montbel, le chapitre de Lyon s'y livrent à la guerre et pillent à tour de rôle bourgs et villages : la Dombes est un champ clos pour leurs batailles et un domaine pour leurs rapines. Les guerres religieuses du XVIe siècle, les atroces persécutions dirigées contre les huguenots achèveront de faire de la Dombes un désert.

« Si, ajoute M. Jarrin, le sort de la Dombes a été tel

sophisme en vertu duquel, au Moyen-Age, on brûlait
d'innocentes folles accusées de sorcellerie et on égorgeait
les juifs dans une cité parce qu'une épidémie sévissait
dans un village ou parce que la peste dévastait une
bourgade, c'est cet éternel sophisme, en vertu duquel
nos campagnards de France, ignorant les rapports de
cause à effet et rattachant grâce à de superficielles obser-
vations, non scientifiquement contrôlées, les faits les plus
étrangers les uns aux autres, affirment encore dans tant
de régions que c'est la lune qui fait geler les jeunes
pousses au printemps ou que c'est Saint-Médard qui
inonde, suivant son caprice, durant quarante jours, la
terre des eaux célestes, c'est cet éternel sophisme qui a
fait le malheur de la Dombes : il y avait des fièvres dans
la Dombes et il y avait des étangs, donc c'étaient les
étangs qui produisaient les fièvres.

---

au Moyen-Age, ce n'est point surtout que la guerre y ait
été plus habituelle ou plus cruelle qu'ailleurs. Cela, on
l'a vu partout. Mais ce pauvre pays était le plus ouvert et
le moins défendu qui fût. Nul rempart naturel, en effet,
point de positions défensives sur la terrasse plane, acces-
sible de partout, sans ressauts et accidents de terrain.
Les matériaux enfin manquent pour créer là, de main
d'hommes, les obstacles et les abris que la nature n'a pas
voulu fournir... On dut émigrer le plus qu'on put d'un
pays qui trahissait ainsi ses habitants..... »

« En 1500, la population avait diminué de moitié de
ce qu'elle était auparavant : depuis elle n'a cessé de dé-
croître encore.

« Il y avait au xiiie siècle, continue Jarrin (p. 94 et 95),
sur le plateau de la Dombes, certaines dépressions du
sol sans émissaires possibles ; il s'y formait des *leschères*,

Ah ! ce préjugé, en vertu duquel, depuis un siècle, on a fait pour nos étangs toutes les sottises, qui ont coûté si cher à la Dombes, combien il est fortement enraciné ! Hors de notre pays, il est tenu pour vérité certaine, indiscutable : c'est un aphorisme qui fait que, lorsqu'on essaye de le contester, vos interlocuteurs, au premier mot, haussent les épaules, croyant que l'on veut railler. C'est contre ce préjugé universellement admis que j'ai eu à lutter — et, qu'on me permette de le dire, à lutter avec ténacité — pour faire voter la réforme relative à nos étangs que réclamait l'universalité de nos cultivateurs de la Dombes.

Aujourd'hui, la cause est jugée et bien jugée : les étangs ne sont pas malsains et leur existence est par-dessus le marché une richesse pour la région qui les posséde : la science a vaincu le préjugé.

---

lescheria, flaques marécageuses, dans les saisons sèches, étangs naturels dans les années pluvieuses, conservant les eaux que le sol argilo-siliceux du pays n'absorbait pas.

« Ces étangs naturels empoissonnés, d'un revenu avantageux grâce aux jours d'abstinence si fréquents alors, donnèrent l'idée d'en créer d'artificiels. Les uns et les autres étaient peu nombreux, car parmi les redevances en nature des fiefs, on ne voit pas le poisson mentionné. Les cultures étaient variées et la vigne, à laquelle le voisinage des étangs nuit, prospérait.

« Au xive siècle, les étangs artificiels s'accrurent à mesure que la population diminuait. L'étang des Vavres à Marlieux occupe un espace où l'on avait recensé quarante-deux feux. Ceux de Brovonnes et de la Rippe remplacèrent les villages de même nom. Le sol qu'on inondait était devenu sans culture et sans rapport : la digue

M. le Dr Passerat, ici même, dans nos *Annales*, en une série de remarquables études, et a fait la saisissante démonstration.

Les eaux vivantes, celles qu'animent des poissons, ne sont jamais malsaines ; les étangs ne sont pas plus malsains que les lacs. Suivant la thèse si nettement exposée par Vaulpré et par M. Passerat, « les étangs ne sont pas « la cause de la fièvre : au contraire, ils préservent le « pays (la Dombes) de plus grands maux en réunissant « les eaux éparses qui auraient formé des marais infects « en les réunissant dans des bassins plus profonds. »

En fait, depuis le dessèchement des étangs, les communes, où nul dessèchement n'a été fait, sont aussi saines que celles qui ont vu dessécher presque tous leurs étangs. Oui, la Dombes s'est assainie depuis quarante ans, oui, ses habitants se portent mieux ; mais cette amélioration

---

ou chaussée nécessaire pour en faire un étang ne coûtait au seigneur qu'un ordre aux corvéables d'avoir à la construire. Le produit, grâce au carême, à l'avent, aux quatre-temps, vigiles, jours maigres de chaque semaine, était assuré.

« Au xve siècle, la nappe d'eau stagnante va gagnant avec une rapidité lugubre. De 1401 à 1510, quatre-vingt-quatorze étangs sont créés. Les seigneurs usent ou abusent de leur autorité pour inonder les fonds de leurs vassaux. Les nobles manoirs, les villes empoissonnent leurs fossés. Si une route gêne, on la supprime ou on la détourne.

« Au xviiie siècle, on en viendra à démolir des villages, à en expulser les habitants pour cultiver les carpes. Ce sont les seigneurs qui font ces choses : ce sont les officiers du prince de Dombes qui s'en plaignent. »

est due non au dessèchement des étangs, mais aux meilleures conditions de vie, de logement des habitants, à leur meilleure nutrition, à la construction des routes qui a permis aux gens de voyager sans avoir de la boue jusqu'au-dessus des genoux et qui a fait disparaître les eaux stagnantes des fossés. La suppression des eaux vivantes des étangs n'est pour rien dans ce progrès de l'hygiène publique dans la Dombes.

Même on peut l'affirmer, ce dessèchement a souvent amené le remplacement d'étangs inoffensifs pour la santé des habitants par des terrains incultes, laissés en friche, se transformant par suite du cours forcé des eaux en marécages, ceux-là très insalubres et, par-dessus le marché, improductifs.

Ce dessèchement a eu une autre conséquence pour la sécurité publique : il a eu pour résultat de transformer, au grand détriment de nos villages, le régime des eaux du plateau de la Dombes. Ces étangs étaient des réservoirs naturels, régularisant le service des eaux, l'écoulement des rivières ; en les supprimant, on a transformé ces douces et molles rivières, la Sereine, la Chalaronne, la Veyle, en violents torrents qui, de ruisseaux, en moins de deux heures, transformés en fleuves, comme durant l'automne 1896, entraînent les ponts, démolissent les maisons, causent d'incalculables ravages.

Au point de vue agricole, personne ne songe à discuter la question : les étangs, fumant eux-mêmes, sans frais, par deux années d'évolage, très riches en poissons, les terrains qui, en une année, produisent de drues récoltes de céréales, les étangs sont une source de prospérité pour notre Dombes : en notre pays de grande culture, de grands domaines, où les bras manquent, ils constituent une richesse inappréciable.

C'était ce que disait, dans le *Courrier de l'Ain*, le 21 décembre 1897, la veille du jour où j'ai eu le bonheur de faire voter par la Chambre la réforme qu'il désirait, c'était ce que disait un groupe de cultivateurs dombistes s'exprimant ainsi :

« Nous serions heureux de voir aboutir cette loi (celle que je proposais) si ardemment désirée de tous nos cultivateurs ; si l'on considère tout le mal qu'a fait à notre pays cette fatale loi du dessèchement, les milliers d'hectares de terrains très productifs devenus stériles, les millions évanouis, perdus à jamais pour la fortune publique, les malheureux fermiers pleins de prospérité auparavant, tout d'un coup appauvris, les difficultés extrêmes auxquels ceux d'aujourd'hui sont en butte, pour parer aux éventualités de leur culture pour cause du manque d'engrais, du manque de bras, on ne pourra se défendre d'un vif sentiment de reconnaissance envers celui qui aura doté notre pays d'un si grand bienfait en obtenant le vote de cette loi.

« La remise en eau des étangs desséchés de la Dombes, c'est la renaissance à la fécondité de nombreuses fermes tombées en décadence, c'est l'aisance, le bien-être rendus aux fermiers ; c'est la fortune publique augmentée et dont tout le monde ressentira l'heureuse influence. Ce n'est point une perspective remplie d'illusions que nous entrevoyons, c'est la réalité !

« Les étangs sont non seulement la richesse de la Dombes, mais encore la condition nécessaire et absolue de son existence ; voilà ce qu'affirmaient, en 1840, MM. Nivière, Guerre, Nolhac, Pouchon, Bonthier de Beauregard et le docteur Vaulpré ; ces noms rappellent avec quelle ardeur ces hommes se firent les vaillants défen-

**

seurs de nos étangs et, ajoutaient-ils, la suppression des
étangs rendra le pays si malheureux qu'il deviendra inha-
bitable. On ne pouvait mieux prévoir l'avenir ! le dessèchement des 6,000 hectares d'étangs a fait perdre à notre
pays, en même temps qu'une partie de sa richesse, beaucoup de sa population. Mais que serait-il advenu si on
eût desséché le tout, c'est-à-dire les 19,000 hectares qui
existaient ! Nous laisserons au lecteur le soin de le
penser. . . . . , . .

« La nature nous traite ici en enfants gâtés en four-
nissant gratuitement à notre sol un précieux élément de
fécondation par l'eau et ses dépôts gras d'alluvions ;
pourquoi le laisser perdre en l'abandonnant au courant
qui l'entraîne et ne pas le retenir captif à son passage ?
Quelle perte immense se produit là et n'est-ce pas
d'une incohérence inexplicable au point de vue agricole
de ne pas utiliser de pareils avantages, surtout lorsqu'il
est démontré qu'aucun intérêt, soit de salubrité ou autre, ne doit en souffrir.

« Il faut donc briser cette détestable loi de 1863 votée
par les Chambres d'alors, sous l'influence de la frayeur
produite par ce fantôme de miasme dont l'action délétère
a disparu comme par enchantement dès le jour où le
confortable, l'hygiène, l'amélioration de la nourriture ont
remplacé les conditions misérables d'existence de nos
paysans avant 1860. »

Bien convaincu comme tous nos Dombistes de la faute
commise, j'ai pris à tâche de réparer le mal causé à notre
chère petite province, ne faisant en cela que mon strict
devoir, trop heureux d'être quelque peu utile à tous ces
braves gens, à ces vaillants cultivateurs, à ces laborieux
fermiers qui m'avaient fait le très grand honneur de me
confier le soin de les représenter et de les défendre.

II

C'est pour cela que le 27 janvier 1897, de concert avec mes cinq collègues et amis de la représentation de l'Ain, je déposais sur le bureau de la Chambre la proposition de loi suivante :

« Article premier

« Les étangs situés dans les arrondissements de Trévoux et de Bourg (département de l'Ain) et qui ont été desséchés à la suite de la convention passée, le 1er avril 1863, entre l'Etat et les concessionnaires de la voie ferrée de Sathonay à Bourg, pourront être remis en eau sous les conditions prescrites par le règlement d'administration publique du 28 octobre 1857.

Cette remise en eau ne pourra être faite que sur un avis favorable des Conseils municipaux des communes sur le territoire desquelles se trouvent les terrains à remettre en étangs, et que sur un avis favorable du Conseil général de l'Ain.

« Art. 2

« Lorsque la remise en eau d'un de ces anciens étangs aura été autorisée, le propriétaire qui aura antérieurement touché une prime de dessèchement devra restituer une partie de cette prime.

« A cet effet, il désignera un arbitre ; M. le Préfet de l'Ain désignera un autre arbitre ; le Conseil général de l'Ain en désignera un troisième.

« Ce conseil d'arbitre, le propriétaire entendu, fixera

la somme qui devra être restituée. Cette somme ne pourra jamais dépasser les deux tiers de la prime reçue et être moindre du tiers de cette prime.

« La somme versée sera restituée dans les caisses communales des communes sur le territoire desquelles se trouveront les terrains à remettre en eau, cela proportionnellement à l'étendue de l'étang sur le territoire de chacune d'elles.

« Art. 3

« L'article 80 de la loi du 3 frimaire an VII ne s'applique plus aux terrains ayant cessé d'être des terrains alternativement en étang et en culture. »

Ce texte amène deux remarques.

L'article 3 de la proposition visait une situation spéciale de nos cultivateurs dombistes à l'égard du fisc. Je la précisais ainsi dans l'exposé des motifs de la proposition :

« L'article 80 de la loi du 3 frimaire an VII a déterminé que l'évaluation du revenu imposable des terrains alternativement en étang et en culture, d'après le revenu moyen de la culture et du poisson, serait plus élevée que celle des terres labourables de première qualité.

« Il n'est pas douteux que, en stricte équité, lorsque les étangs sont définitivement desséchés, les terrains qu'ils occupaient ne devraient plus être imposés suivant l'article 80 de la loi de frimaire : l'élément poisson ayant totalement et définitivement disparu, il ne devrait plus en être tenu compte dans l'évaluation du revenu. Ces terrains ne devraient plus être imposés que comme les autres terrains de culture. C'est l'évidence même.

« Or, en fait, il n'en est pas ainsi et les terrains d'étangs desséchés, contre toute justice, continuent, conformément à l'article 80 de la loi de frimaire, à voir l'évaluation de leur revenu imposable faite comme si les étangs existaient toujours.

« C'est là une iniquité évidente qu'il faut faire cesser.

« L'iniquité ne peut disparaître qu'en vertu d'une loi, la jurisprudence étant formelle et deux décisions du Conseil d'Etat du 10 juin 1868 et du 7 novembre 1873 ayant formellement décidé que l'article 80 était toujours applicable aux terrains des étangs desséchés.

« Le Conseil général de l'Ain, dans une série de vœux, entre autres le 30 avril 1889, le 15 avril 1890, le 24 août 1893, les 24 avril et 23 août 1895, a demandé une modification de la législation dans ce sens.

« Le même vœu, le Conseil d'arrondissement de Trévoux le renouvelle dans toutes ses sessions. »

Nos populations étaient, en cette matière, victimes d'une criante iniquité : elles protestaient — pas bien fort malgré le lourd fardeau qui pesait sur leurs épaules — et elles payaient fidèlement l'impôt.

La seconde remarque c'est que nos étangs desséchés de la Dombes se divisent en trois catégories très distinctes :

1° 192 hectares d'étangs réputés insalubres ont été desséchés par ordre de l'administration, en vertu des lois combinées du 11 septembre 1792, 14 frimaire an II, 6 décembre 1850 et 21-28 juillet 1856 : il y a là une question d'hygiène publique engagée et nul n'a pu songer à modifier la situation créée en cette matière ;

2° 4,270 hectares d'étangs desséchés volontairement par leurs propriétaires et à la remise en eau desquels ne s'oppose aucun texte législatif, malgré un arrêté préfectoral pris sous le second empire, arrêté tenu pour illégal

***

par tous les jurisconsultes qui se sont occupés de la question ; — on est très gouvernable dans nos régions, on est très pacifique : on s'est soumis à cette décision arbitraire sans jamais songer à porter le débat devant la juridiction compétente ;

3° 6,000 hectares d'étangs desséchés par suite de la convention passée entre leurs propriétaires et les concessionnaires de la ligne ferrée de Sathonay à Bourg.

C'était de cette dernière catégorie seule qu'il s'agissait dans notre proposition de loi.

Rappelons brièvement la question.

Le 1ᵉʳ avril 1863, l'Etat concédait la ligne de Sathonay à Bourg à MM. Arlès-Dufour, Henri Germain et Sellier ; subissant l'influence du préjugé qui rattachait la fièvre à l'existence des étangs, dans le but très louable d'assainir la Dombes, mais se trompant sur les moyens d'y parvenir, l'Etat mit pour condition à cette concession l'obligation de dessécher 6,000 hectares d'étangs ; d'autre part, cette obligation lui paraissant trop lourde pour les concessionnaires, l'Etat leur accordait, pour accomplir ce desséchement, une subvention de 1,500,000 francs.

Voici les deux articles de la convention visant le desséchement :

« Art. 3. — Les sieurs Arlès-Dufour, Germain et Sellier, concessionnaires, s'engagent à dessécher et à mettre en valeur, dans un délai de dix ans, à partir du 15 juillet 1864, 6,000 hectares au moins d'étangs dont la suppression aura été préalablement approuvée par l'Administration, soit en acquérant lesdits étangs pour les transformer directement en prairies, bois ou terres arables, soit en provoquant leur desséchement et leur mise en valeur, au moyen de primes payées aux propriétaires en numéraire, en travaux agricoles, en constructions, en engrais ou de toute autre manière. Seront comptés dans ce chiffre de 6,000 hectares les étangs qui auront été supprimés par le passage du chemin de fer dans une zone de deux kilomètres de chaque côté de la voie.

« Art. 4. — Le Ministre de l'Agriculture, du Commerce et des Travaux publics, au nom de l'Etat, s'engage à payer aux sieurs Arlès Dufour, Germain et Sellier, à titre de subvention, pour l'accomplissement des engagements énoncés à l'article 3 ci-dessus, la somme de quinze cent mille francs (1.500.000 fr.)

« Cette somme sera versée en vingt payements semestriels égaux, dont le premier aura lieu le 15 janvier 1865.

« Les susnommés devront justifier, avant chaque payement, du dessèchement et de la mise en valeur de 300 hectares d'étangs.

« Le dernier versement n'aura lieu qu'après le dessèchement et la mise en valeur de la totalité des 6,000 hectares prévus par l'article précédent. »

Cette convention fut approuvée par une loi du 18 avril 1863, l'utilité publique des travaux fut déclarée et la concession donnée en vertu d'un décret rendu en Conseil d'Etat, le 25 juillet 1864.

MM. Arlès-Dufour, Henri Germain et Sellier se mirent à l'œuvre dès 1865. L'œuvre de dessèchement s'accomplit les années suivantes. Les habiles et les prévoyants gardèrent leurs étangs ; seuls les imprévoyants consentirent pour une modeste prime une fois donnée à renoncer au fructueux rendement de leurs étangs : ils tuaient ainsi la poule aux œufs d'or.

Tout le monde connaît le procédé employé par les con-

cessionnaires de la ligne des Dombes pour faire ce desséchement : ils donnaient une prime aux propriétaires,
lesquels s'engageaient à détruire leurs étangs et à ne
jamais les remettre en eau.

Moyennant le versement de la subvention de 1,500,000
francs stipulée dans la convention de 1863, les concessionnaires ont souscrit, vis à vis de l'Etat représenté par
le préfet de l'Ain « l'obligation de *maintenir* à ses frais,
« risques et périls et par toutes les voies de droit, quelles
« qu'elles puissent être, le dessèchement et la mise en
« valeur des étangs, » qui étaient agréés par l'Aministra-
tion comme devant être desséchés moyennant cette subvention.

D'autre part, les concessionnaires stipulaient sur la
quittance des primes de la part des propriétaires « l'en-
« gagement, envers la Compagnie et l'Etat, de maintenir
« cet étang constamment desséché en culture. »

Il résulte d'une note que m'a remise la préfecture de
l'Ain que la moyenne de la prime payée par les concessionnaires aux propriétaires a été de 150 francs par
hectare d'étang desséché. 6,000 hectares à 150 francs
cela fait 900,000 francs.

Les concessionnaires (la Compagnie des Dombes) ont
donc donné 900,000 francs aux agriculteurs et ils avaient
reçu dans ce but une subvention de 1,500,000 francs :
leur bénéfice a donc été de 600,000 francs, soit des deux
tiers et notez-le bien, l'œuvre du dessèchement avait été
considérée par l'Etat comme une charge compensant l'a-
vantage de la concession de la ligne ferrée : les concessionnaires ont très habilement transformé cette charge en
source de bénéfice. Nous ne songeons pas à les en blâmer ;
mais il nous faut bien constater que si l'opération du

dessèchement de nos étangs entreprise en 1865 a été déplorable pour nos cultivateurs de la Dombes elle a été
très fructueuse pour les habiles financiers qui l'ont con-
duite.

548 étangs, d'une contenance totale de 6,000 hectares, ont été ainsi desséchés. Ces étangs étaient
situés sur les communes de Saint-André-de-Corcy,
Saint-Marcel, Saint-André-le-Bouchoux, Saint-André-
le-Panoux, l'Abbergement-Clémenciat, Ambérieu-en-
Dombes, Saint-Jean-de-Thurigneux, Birieux, Bouligneux,
Certines, Civrieux, Chalamont, Châtillon-la-Palud,
la Chapelle-du-Châtelard, Saint-Georges-sur-Renom,
Chanoz-Chatenay, Châtillon-sur-Chalaronne, Chaveyriat,
Condeissiat, Crans, Cordieux, St-Cyr-de-Relevant, Dom-
pierre, Châtenay, Druillat, Varambon, Villette, Saint-
Eloi, Joyeux, Faramans, Saint-Germain-sur-Renom, Sa-
vigneux, Monthieux, le Montellier, Lent, Rigneux-le-
Franc, Saint-Nizier-le-Désert, Marlieux, Sainte-Croix,
Montluel, Mollon, Montracol, Neuville les-Dames, Saint-
Paul-de-Varax, Sainte-Olive, Péronnas, Lapeyrouze, le
Plantay, Priay, Versailleux, Romans, Rancé, Sandrans,
Servas, Sulignat, la Tranclière, Tramoyes, Saint-Trivier-
sur-Moignans, Villars, Villeneuve et Vandeins.

Désormais, en violation de tous les principes de notre
code civil, il pesait sur ces 6,000 hectares de terrain une
servitude perpétuelle, non rachetable, d'un genre tout
spécial, n'existant pas au profit d'autres fonds, mais au
profit de rien, servitude en vertu de laquelle sur ces
6,000 hectares de terrain il était impossible à jamais de
faire un genre de culture déterminée, l'étang.

Pour mettre fin à cette servitude, que rien ne justifiait
plus puisqu'il était démontré, d'une part, que les étangs

ne sont pas malsains et qu'il était établi, de l'autre, que les étangs sont productifs au point de vue agricole, il fallait une loi ; une loi seule, en effet, pouvait effacer les dispositions législatives de 1863 et les engagements pris à l'égard d'une personne disparue, la Compagnie des Dombes ; c'est cette loi que j'ai présentée.

III

Notre proposition de loi fut renvoyée à la 25e commission d'initiative parlementaire de la Chambre des Députés : j'en faisais partie : cette commission conclut à la prise en considération et me chargea du rapport.

J'avais demandé l'inscription de la proposition en tête de l'ordre du jour de la séance du 2 février 1897, sous réserve qu'il n'y aurait pas de débat, comptant bien que nul ne s'y opposerait. Quelle ne fut pas ma surprise, le 2 février, quand je vis M. Méline, président du Conseil et ministre de l'agriculture, y faire une très nette opposition et demander l'ajournement du débat. M. Méline alors très carrément hostile subissait l'influence de l'opposition locale, sur laquelle nous reviendrons tout à l'heure, et qui agissait souverainement sur son esprit par l'intermédiaire d'une puissante Société d'agriculteurs. L'ajournement de la discussion, c'était l'enterrement de ma proposition : de longtemps la réforme était impossible.

C'est alors que je m'avisais du stratagème d'insérer ma proposition au budget : c'était obliger le Parlement à la discuter et par conséquent avoir chance de la faire voter. J'étais bien sûr que, à la lumière de la discussion, l'opposition, qui ne reposait que sur des mobiles d'étroit égoïsme individuel, s'effondrerait. — A ce sujet, que l'on me permette une observation, on a souvent reproché aux membres du Parlement de tout mettre dans le budget : hélas ! quand on a en face de soi l'hésitation plutôt peu bienveillante du gouvernement, comme dans l'espèce, c'est encore le seul moyen de faire aboutir les réformes : la preuve en est pour nos étangs.

Ma proposition devait se diviser pour le budget : une partie devait aller aux contributions, l'autre à la loi de finances.

L'article 3, j'en fis un article additionnel à la loi des quatre contributions directes :

« L'article 80 de la loi du 3 frimaire an VII ne s'applique plus aux terrains ayant cessé d'être alternativement en étang et en culture. »

Je fus assez heureux pour le faire adopter, malgré une opposition très vive de l'administration des contributions directes, qui y voyait une grave atteinte au principe sacrosaint de l'immutabilité du cadastre. Ma proposition est devenue l'article 16 de la loi budgétaire du 21 juillet 1897. Une réforme vainement réclamée par nos populations depuis trente ans et une réforme éminemment juste était enfin accomplie. Il est vrai que, ayant le malheur d'être mêlé aux luttes politiques, j'ai eu — à tout tableau il y a des ombres — j'ai eu la tristesse de voir des adversaires, lesquels ont cependant la prétention d'être des représentants des intérêts agricoles de la Dombes, oublier, en une sotte hostilité politique, que cette réforme intéressait notre région au plus haut point : le *Bulletin du Comice agricole de Trévoux* n'en a pas dit un mot. Comme s'il s'agissait là de politique !

Restait la seconde partie à faire voter.

Toujours de concert avec mes cinq collègues de la députation de l'Ain, je déposais l'amendement suivant à la loi de finances du budget de 1898 :

« Les étangs situés dans les arrondissements de Trévoux et de Bourg (département de l'Ain), desséchés en vertu de l'article 3 de la convention passée, le 1ᵉʳ avril 1863, entre l'Etat et les concessionnaires de la ligne ferrée de Sathonay à Bourg, convention approuvée par le décret impérial du 25 juillet 1864, pourront être remis en eau, sur les avis favorables donnés : 1° par les Conseils municipaux des communes, sur le territoire desquelles sera situé l'étang à remettre en eau ; 2° par le Conseil général de l'Ain ; 3° par une commission d'hygiène nommée par M. le Préfet de l'Ain. »

Il faut le dire, entre temps, le Conseil général de l'Ain, à l'unanimité, dans sa séance du 27 avril 1896, avait adopté un vœu en faveur de cette proposition.

Mon amendement au budget n'était, on le voit, que la reproduction de ma proposition primitive, sauf un point : la nécessité pour les propriétaires, qui remettraient en eau les étangs desséchés de restituer une partie de la prime.

On m'avait fait remarquer que l'argent provenant de cette restitution, je le donnais aux communes alors que les communes n'avaient rien déboursé. D'autre part, nos cultivateurs qui avaient fait de gros frais pour détruire leurs étangs devraient en faire encore de considérables pour rétablir leurs étangs, il était peu raisonnable, dès lors, de grever les Dombistes alors que partout on parle de dégrever les agriculteurs. Enfin, dernière considération, nos cultivateurs, en 1865, avaient fait un marché de dupes : comment ils auraient à rendre une part quelconque des 900,000 francs prélevés sur la subvention de l'Etat de 1,500,000 francs, qui étaient allés en leurs mains et qu'ils avaient chèrement payés, alors que les 600,000 francs restaient bien et dûment acquis aux concessionnaires de la ligne des Dombes, lesquels n'avaient rien sacrifié du tout! La simple réflexion démontrait que cela était monstrueux.

Et plus tard, sur ce point, M. Guillain, le rapporteur de la commission du budget, gardien jaloux cependant des intérêts du trésor, devait conclure : « La commis-« sion du budget s'est demandé s'il convenait de subor-« donner la remise en eau au remboursement de tout ou « partie de la prime de dessèchement payée jadis au pro-« priétaire ou à ses auteurs en exécution de la conven-« tion de 1863. Elle n'a pas hésité à trancher cette ques-« tion par la négative : l'obligation de remboursement « équivaudrait, dans la plupart des cas, à enlever toute « portée pratique à l'article de loi proposé, et rendrait « généralement impossible la remise en eau qui est si « vivement désirée aujourd'hui par les intéressés, et qui « paraît en effet de nature à améliorer, dans une sérieuse « mesure, le bien-être de la population agricole de la « Dombes. »

Mon amendement fut renvoyé à la commission du budget. Là, il se trouva deux hommes, qui, après études des documents, se firent les avocats de notre cause et auxquels nos cultivateurs de la Dombes doivent profonde reconnaissance, car c'est à eux qu'ils doivent le succès de la réforme ; M. Delombre, président de la commission du budget, et M. Guillain, député du Nord.

L'amendement modifiant la convention de 1863 devait venir au budget des conventions : M. Guillain en était le rapporteur.

Convaincu de l'excellence de notre thèse, surtout par les remarquables travaux de M. le Dr Passerat, M. Guillain se mit à la tâche avec un zèle extrême, avec le zèle qu'eût mis en cette matière le Dombiste le plus déterminé.

Il fit passer sa conviction dans l'esprit des directeurs du ministère de l'agriculture, jusque là très nettement hostiles à notre proposition et engagea le ministère lui-même qui, plus tard, se trouva fort gêné en face des démarches faites auprès de lui en sens contraire par la puissante Société d'agriculteurs, écho de l'opposition locale, — et qui, le jour du vote, manifesta sa gêne et sa contrariété par un discours aigre-doux à l'égard des agriculteurs de la Dombes, acceptant le projet tout en le critiquant, lançant des épigrammes à l'adresse des propriétaires d'étangs desséchés.

M. Guillain triompha de toutes les difficultés. A la demande du ministère de l'Agriculture, il précisa, sous une forme plus rigoureuse, les conditions de remise en eau. Puis, au nom de la commission du budget, il déposa la rédaction suivante, à laquelle, mes amis et moi, nous nous empressâmes de nous rallier, voulant coûte que coûte aboutir :

LOI DE FINANCES

« Art. 60. — Les étangs qui ont été desséchés dans le département de l'Ain, pour l'exécution de l'article 3 de la convention passée le 1er avril 1863, entre l'Etat et les concessionnaires du chemin de fer de Sathonay à Bourg et approuvée par la loi du 18 avril 1863 et le décret du 25 juillet 1864, pourront être remis en eau si l'autorisation en est donnée par un arrêté du Préfet de l'Ain.

« Chaque arrêté préfectoral d'autorisation prescrira l'exécution, aux frais des propriétaires demandeurs, des travaux à faire et des mesures d'exploitation à observer pour éviter l'insalubrité de l'étang remis en eau et soumis au régime de l'assec périodique avec culture.

« Chaque arrêté devra être précédé : 1° d'un avis du Conseil d'hygiène du département ; 2° d'une enquête tenue suivant les mêmes formes que celle réglée par les articles 2 à 10 inclusivement du décret du 25 octobre 1857 relatif à la licitation et au dessèchement des étangs de la Dombes ; de l'avis favorable du ou des Conseils municipaux du lieu de l'étang, ledit avis exprimé dans les mêmes formes que celui prévu au cas de destruction d'un étang par l'article 11 du décret précité du 28 octobre 1857 ; 4° d'une délibération favorable du Conseil général du département de l'Ain.

« En cas d'infraction aux prescriptions de l'arrêté préfectoral autorisant la remise en eau, la destruction de l'étang, d'office, aux frais des propriétaires et sans indemnité, peut être ordonnée, à la suite d'une mise en demeure d'un mois restée sans effet, par un arrêté préfectoral qui prescrit en outre l'exécution des travaux nécessaires pour assurer le libre écoulement des eaux, le tout sans préjudice de l'exercice des droits qui appartiennent à l'Administration pour la police des étangs, d'après les lois et règlements en vigueur. »

L'opposition locale, très restreinte, mais très agissante, ne se reposait pas Elle disposait du Comice agricole de Trévoux : elle envoya en son nom une protestation que reçurent tous les députés et, le jour du vote, elle fit monter à la tribune un honorable député de la Charente-Inférieure, M. Gabriel Dufaure, pour nous combat-

tre — on ne s'attendait guère à voir la Charente-Inférieure en cette affaire, mais il faut dire que M. Dufaure
est le beau-frère du principal meneur de la campagne
d'opposition.

De cette opposition, je n'en veux rien dire autre ici que
ce que je lui ai dit, le 22 décembre 1897, du haut de la
tribune de la Chambre : il est inutile d'insister davan-
tage, tout le monde est fixé. Ce que je disais et ce que je
répète, le voici :

« Il y a, il est vrai, une opposition èxtrêmement restreinte. Et savez-vous de qui elle émane ? Elle émane de
gens qui sont grands propriétaires d'étangs ; parmi les
opposants, vous ne trouvez que des personnes possédant
des étangs. Eh bien ! alors, si les étangs sont chose si détestable, s'ils sont tellement malsains au point de vue hy-
giénique, si leur existence est si déplorable au point de vue
agricole, que ces propriétaires donnent donc l'exemple,
qu'ils dessèchent leurs étangs ! Mais non, ils ne dessèchent
pas ; la vraie raison de leur opposition, ils la donnent dans
une lettre qu'on a envoyée à toute la Chambre. La voici :

« Il faut ajouter que le prix du poisson a baissé consi-
dérablement dans ces dernières années. La concurrence
de la marée est de plus en plus redoutable, non seulement
à Lyon, principal lieu de vente du poisson de la Dombes,
mais partout, grâce aux facilités nouvelles données par
les colis postaux. Multiplier la production d'une denrée
dont le prix est déjà en baisse serait achever d'en préci
piter le cours. »

« Ils disent : Si l'on fait d'autres étangs, on fera plus
de poisson et on nous fera concurrence.

« Est-ce une raison valable ? J'en appelle au bon sens
de tous : c'est commé si, par exemple, on défendait à un

cultivateur d'avoir une vigne sur un coteau parce que son
voisin cultive déjà une vigne et que celui-ci verrait baisser le prix de son vin parce qu'il aurait à subir une
concurrence à côté de lui! »

Du reste, grâce au très remarquable discours de mon
collègue et ami Guillain, la proposition était votée à la
formidable majorité de 426 voix contre 79, — une majorité correspondant bien à celle des Dombistes qui réclamaient cette réforme, cette réforme qu'est obligé d'approuver tout esprit impartial et désintéressé.

Puisse cette modification législative apporter quelque
nouvel élément de richesse et de prospérité à notre chère
Dombes, à cette terre industrieuse, pareille à une petite
Hollande enserrée entre le Rhône, la Saône et l'Ain!
Notre terre, la nature l'a placée comme en un carrefour
des grandes routes des migrations et des animaux et des
hommes : c'est sur le fond de son ciel aux tons gris et bleus
que se profilent, au printemps allant vers le nord, à l'automne allant vers le sud, les longues théories des oiseaux
voyageurs, fendant les airs en des triangles rapides, cygnes, oies sauvages, outardes, grues et cigognes ; c'est sur
son sol qu'ont passé d'autres migrateurs, mais ceux-là,
souvent dévastateurs, — alors même qu'après eux ils apportaient l'œuvre de civilisation humaine, — Cimbres et
Teutons, cohortes d'Annibal et légions romaines, Hongres
et Sarrazins. Et les migrateurs et la féodalité et les persécutions sanglantes du fanatisme religieux ont tour à
tour dévasté et ruiné la Dombes. Ses robustes paysans, en
un labeur opiniâtre et en une ténacité admirable, forts de
l'éternelle jeunesse de leur vaillance, chaque fois, de ces
ruines amoncelées, ont fait germer à nouveau la vie. Puissent-ils désormais, à l'ombre de nos lois républicaines et

démocratiques, grandir et vivre en paix, faisant rendre à cette terre si poétique en ses horizons aux vapeurs d'or quand le soleil se couche vers les lignes bleues des montagnes lyonnaises, en ses lentes rivières, en ses étangs aux eaux miroitantes animées du vol de la multitude des oiseaux, en ses blancs bouleaux se profilant sur la rude verdure de ses chênes, faisant rendre à cette terre la richesse qui sera la juste rémunération de leurs vaillants efforts !

ALEXANDRE BÉRARD.

BIBLIOTHÈQUE NATIONALE
R. F.
IMPRIMÉS

www.ingramcontent.com/pod-product-compliance
Lightning Source LLC
Chambersburg PA
CBHW061626180626
46818CB00005B/2246